FRANK
JONAS VALENTIN
Der Faun auf der Schulter

Farben: Topaze

„Diese Kraft ist keine von jenen, die sich widersetzen, sondern ein feines Gespür auf der richtigen Grundlage. Sie hält dagegen, mit einer Feder, einem Sandkorn, einem Lied, einem Gedicht. Sie weckt die Erinnerung, nicht um zu kämpfen, sondern um anzustecken."

Christiane Singer

CARLSEN COMICS

Frank bei Carlsen Comics:

Jonas Valentin
Der Traum des Wals
Die Hüter des Lichts
Die Nacht der Katze
Unter zwei Sonnen
Der Faun auf der Schulter

Zoo
Bisher zwei Bände erschienen.

CARLSEN COMICS
1 2 3 4 07 06 05 04
© Carlsen Verlag GmbH • Hamburg 2004
Aus dem Französischen von Martin Budde
UN FAUN SUR L'ÉPAULE
Copyright © Dupuis, 2003
Redaktion: Michael Groenewald
Lettering: Michael Hau
Herstellung: Inga Bünning
Litho: Die Litho, Hamburg
Druck und buchbinderische Verarbeitung:
Druckhaus Schöneweide, Berlin
Alle deutschen Rechte vorbehalten
ISBN 3-551-77415-3
Printed in Germany
www.carlsencomics.de

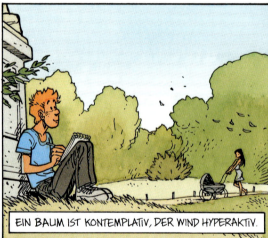

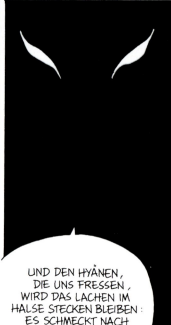

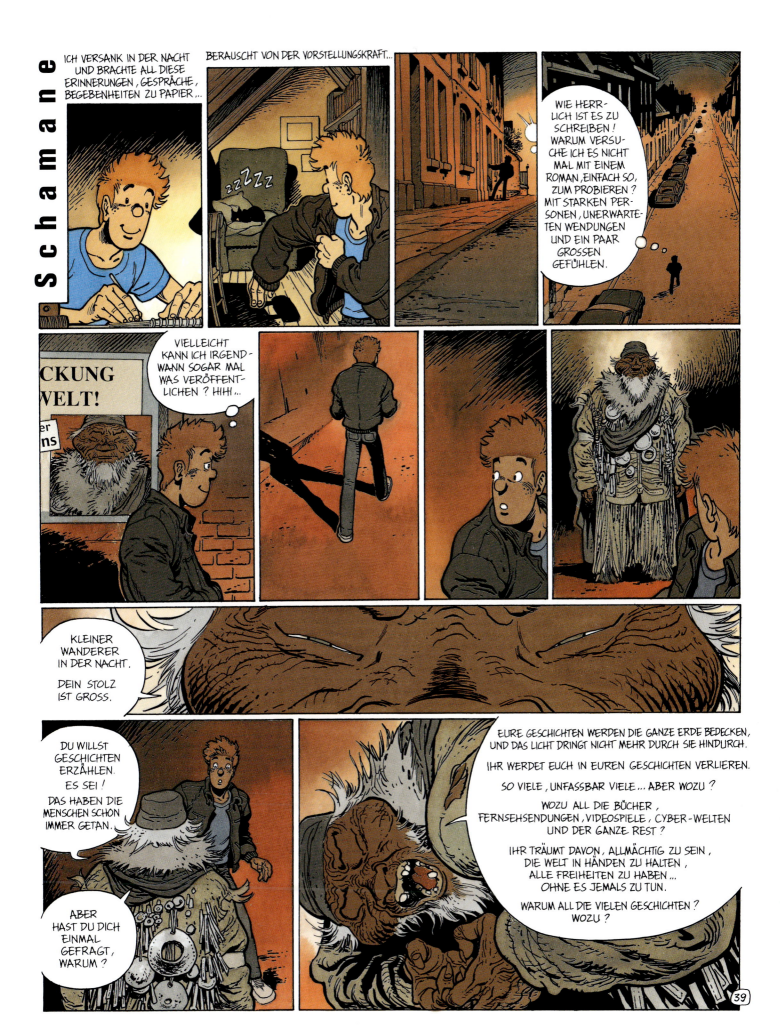

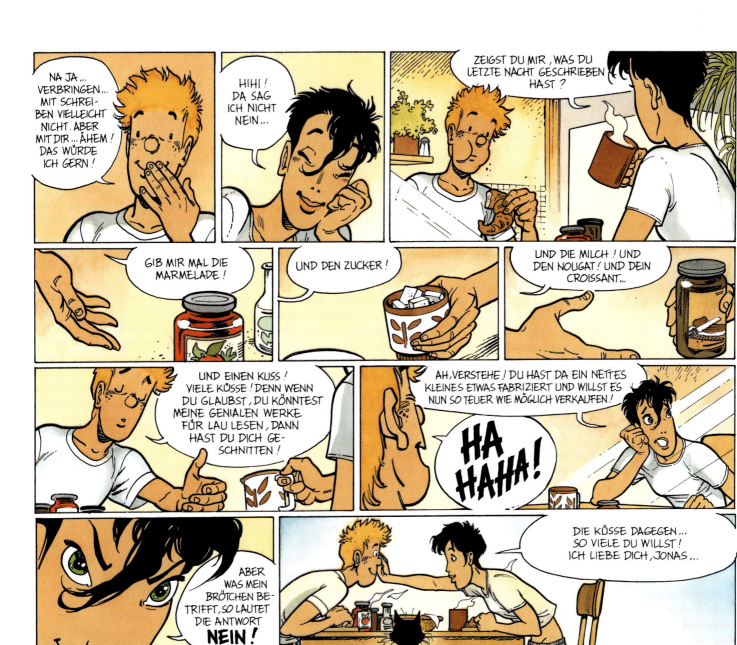